POEZII PENTRU COPII

Cuprins:

Anotimpurile

Cele patru anotimpuri
Concurente din vechi timpuri
Să-i atragă pe copii
Chiar și fără jucării,

Au decis în patru versuri
Să capteze interesul
Și să se prezinte lor
Într-un mod atrăgător.

Bătălia nu-i ușoară,
Poți să fii tu chiar și vară,
Fiecare vrea să-si facă
Partenerii săi de joacă.

Argumente fel de fel,
Că e soare, că e ger:
Aduc flori, eu aduc fructe,
Hai la mare, hai la munte.

Important e să se știe,
Toate-aducem bucurie.
Dragostea le oferim,
Copiilor ce-i iubim!

Vrem să ne jucăm afară,
Fie iarnă, fie vară.
Vă iubim, vă vrem cu noi,
Prin zăpadă sau noroi.

Vom alerga după fluturi,
Ne vom bate fără scuturi,
Cu bulgării de zăpadă,
Toata lumea să ne vadă!

Mere roșii ionatane,
Gutui mari și diafane,
Derdeluș sau bălți cu apă,
Nu mai stați, veniți la joacă!

-Iată-mă, sunt grațioasă
Și gingașă, și frumoasă,
Sunt o lume de culori,
Rochia imi e din flori.

Primăvara

Eu vin zilnic cu mult soare,
Cu excursii și cu mare,
Rochia mea aurită
E cu raze mari tivită.

Vara

Eu cu fructe dulci, zemoase
Aduc bucurie-n case,
Rochia mea e din ploi,
Binecuvântări, suvoi.

Primăvara

Rochia mea dantelată,
Albă e, imaculată,
Hai să patinezi cu mine,
Garantat îți va fi bine.

-Nu putem în patru versuri
Să ne purtăm interesul,
Să nu fie cu mânie,
Nici chiar cu o poezie.

Strigară toate în cor,
Ca un țipăt de cocor.
Primăvara, Vara, Toamna,
Și a lor surată Iarna.

Măgărușul și sacul

Măgărușul Mihaha
A rămas blocat așa:
Capul drept, frunte 'mpietrită,
Și privirea... dinamită.

Este supărat pe sac,
Speră să-i vină de hac.
De o viață și ceva,
Stă numai în cârca sa.

– Eu aici rămân, în drum,
Nu mai vreau să mă supun,
Să tot car mereu în spate,
Când grăunțe, când bucate.

O să te învăț eu minte,
De-ai să fii băiat cuminte!
Tu, odată instalat,
Te și visezi împărat.

Ce sunt eu, sunt sluga ta?
Să te port în spate-aievea?
Nu mai plec, aici rămân,
De ce să îmi fii stăpân?

Sacul râde să leșine,
Tremură, cade pe vine.
-Împăratul Petecuț,
Plin de găuri și descult.

Spune el cu ironie
Copleșit de isterie.
– Asta-i moștenirea ta,
De ce spui că-i vina mea?

Sunt eu oare vinovat
Că ai tăi nu ți-au lăsat
Nici o altă moștenire
Decât să mă cari pe mine?

– Este timpul de-o schimbare,
Să vedem, tu ești în stare
Să faci ce am făcut eu
Pentru întreg neamul tău?

-Asta da glumă, măi frate,
Un sac c-un măgar în spate!
Dar măgarul, înciudat,
Sacului i-a replicat:

– Când e vorba despre tine
Să fii salahor ca mine,
Brusc devine amuzant,
Pare vis extravagant.

Familia Mac-Mac

 Rața și Rățoiul Mac,
Tocmai ce s-au supărat .
-Rața nu îmi este rudă,
Am pus punct, sper să ajungă

Explicația ce-am dat.
Alta nu mai vreau să fac.
E doar parte din contract
Pe care azi îl desfac.

Rața pleacă-n grabă, tristă,
Elegantă și distinsă.
Privește doar înainte,
Rostind câteva cuvinte:

De când e Pazvante Chiorul,
Nimeni n-a avut umorul
Să glumească fără teamă,
Si să nu sfârșească'n dramă.

-De pe vremea lui Pazvante,
Cea care-ți este cu acte,
Și soție, și consoartă,
Te iubea... dar nu te iartă.

-Cât de rudă poți să-mi fii?
Ești doar mamă la copii.
Vrei averea de dorești
Cu mine să te-nrudești.

-Dacă n-aș ști cine ești,
Aș crede că spui povești.
Că vrei să fii autor,
Sau un mare scriitor.

Dar n-ai scris, de când te știi,
Cum de azi ai fantezii?
E ridicol ce susții,
Nu-i de tine, ai copii!

Legea spune să îmi dai
O pătrime din ce ai.
De ce să te faci ridicol,
Punând numele-n pericol?

-Numele de Mac, tu crezi
Că mai poți să îl uzezi?
E al meu, nu îți permit,
Chiar ar fi ceva cumplit.

-Înțeleg, te vrei stăpân,
În coteț și peste fân,
Dar și eu mac-mac vorbesc,
Știi doar cum mă măcăiesc

Mac îmi spune de la tata,
De când am văzut poiata,
Prima dată în cuibar,
Când eram un micuț star.

Iată-ți și fânul promoroacă,
Ce podeaua azi îmbracă.
Numele, spun cu mândrie,
Va fi al meu pe vecie.

-Știi doar că te iubesc tare,
Am spus-o la supărare,
Îți port pana in zadar
Sau de dor în buzunar?

-Știu că mă iubești, și eu,
Nu mai pot de dragul tău,
Ești rățoiul meu iubit,
Dragoste la nesfârșit.

S-au îmbrățișat cu drag,
Rața și Rățoiul Mac,
Se iubesc, sunt fericiți,
Cu copiii lor iubiți.

Se întâmplă uneori,
Să faci unele erori,
Dar iubirea nu insistă,
Șterge tot c-o batistă.

Ghiocel și
Ciubotica Cucului

-Vrem spectacol de culori
După Crivăț și ninsori.
Ghiocel, ai face bine
Să mă lași numai pe mine.

Ne-am cam plictisit de alb,
Vrem un verde de smarald,
Sau ca mine, bălăioară,
Cea mai galbenă din țară.

-Să te lauzi tare-ți place,
De o săptămână-ncoace,
În bătaia vântului,
Ciubotica Cucului!

Mie-mi pare că te crezi
Frumusețea din livezi.
Tu nu vezi că pe imaș
A iesit și Toporaș?

Nu ești decât o fricoasă.
O regină curajoasă
Iese prima din zăpadă,
Cu gerul se ia la sfadă.

Pune Crivățul pe fugă
Și omătul îl alungă,
Cheamă soarele să vină,
Pentru mai multă lumină.

Dar tu, dragă Ciuboțică,
Cum de frig, îți este frică,
Mă aștepți numai pe mine
Să lupt eu și pentru tine.

-Ghiocel, ești tu frumos,
Dar ești cam lăudăros.
E urât din partea ta
Să te crezi „Salvează Lumea”.

Jignit în amorul propriu,
O privea ca pe un monstru:
-Văd că nu pricepi o iotă!
Eu de azi te chem „Ciuboată".

Și de ciudă se făcu
Alb ca neaua, dispăru.
Că nu înțelegi defel
De e nea sau Ghiocel.

Ana, Mițu și Gheorghiță

Mă prezint: mă cheamă Ana,
Dimineață mi-am spart cana.
Nu am vrut, să fie clar,
A căzut pe un pahar.

Și paharul cu pricina,
A căzut, bate-l-ar vina,
Și-a spart ceașca lui Gheorghiță,
Albă, cu o mașinuță.

Dar nu s-a oprit aici:
Un lanț lung de suspinici,
Urlete, acuze grele
Se țineau scai după ele.

Nu știu unde pot să fug,
Trebuie să mă ascund.
Vine mama cu pedeapsa,
Gheorghe urlă-n toată casa,

- Ceașca mea, cescuța mea!
Ce mă fac eu fără ea?
- Na, îți dau altă cescuță!
- Nu! Nu-i cea cu mașinuță!

Nu e chip să dăm la pace,
Deși sunt foarte dibace.
Îl promit chiar și pe Mițu,
Dar nici gând de armistițiu!

Încotro să fug, să scap?
Mă ascund după dulap.
Mițu cum mă vede, sare,
Mi se urcă pe picioare.

Miaună ca disperatul,
Vrea in brațe, alintatul.
Îi fac semn că deconspiră
Un fugar de disciplină.

- Să vedem ce-avem aici:
Nu stiam....,două pisici .
Gheorghe, azi, Mițu-i al tău,
Ana-l va avea pe-al său.

Dacă tot avem pisoi,
Împărțim frumos la doi!
Ordonanță de urgență,
Când nu-i semn de penitență!

Cel ascuns după dulap,
Sincer e mare păcat
Să rămână-al nimănui!
I-l dăm Anei, tu ce spui?

- Ana, nu te necăji,
Nu mai plânge, nu jeli.
Vom toți trei afară,
Că doar este primăvară!

Mara, Nicu și Sorina

O, ce mare bucurie!
Mara, Nicu și Sorina
Saltă-n sus de veselie,
Parcă zboară toată ziua.

Se vor destepta devreme,
Și vor merge după fragi.
De nimic nu se vor teme,
Împreună cu cei dragi.

– Cu bunicul lângă mine,
Nu mi-e teamă de nimic.
Ursul? Și ce dacă vine?
Nu va fi un inamic.

– Mara, eu îl am pe tata,
Sprijin bun și devotat.
Știu că și de data asta,
Va veghea neîncetat.

– Nicu, eu stau lângă mama,
Multe lupte a purtat.
De când am venit pe lume,
Pe toate le-a câștigat.

– Da, Sorina, așa este,
Nici pe buni n-o uităm.
Cum e seara la poveste,
În apropiere-i stăm.

Avem cea mai bună pază,
Suntem cei mai ocrotiți.
Moș Martin vrea să ne vadă?
Noi rămânem liniștiți.

Hai să ne culcăm în pace,
Și, în caz că va veni,
N-are rost să stăm pe ace,
Sigur îl vor îmblânzi.

Purcelușul Brebenel

"Chiar de a plouat azi-noapte,
Este cald că nu se poate
Fără să te scalzi nițel,"
Își șoptește Brebenel.

Îl cunoști pe Brebenel?
Nu, nu-i floare, e purcel,
Mic, haios și drăgălaș,
Toată ziua pe imaș.

Unii cred că-i zăpăcit,
Alții spun că-i necioplit,
Căci, de fiecare dată,
Se aruncă-n prima baltă.

Și ce-i rău? "Nu e normal
Să te speli o dată'n an."
Alții spun: "Nu e firesc
Să te scalzi în stil porcesc."

Sincer, ați avea dreptate,
De nu s-ar ascunde-n spate
Interesul lui frivol
Pentr-o baie cu nămol.

Astăzi, însă, ghinion!
Balta nu avea nămol.
Iar, în loc de mâlul moale,
A dat de o piatră tare.

– Se învârte in jur totul...
Oare am mâncat borhotul
Și-am uitat să iau în calcul
C- ar putea să fie altul?

Dar a fost mai mult de dură,
Lovitura sub centură!
Altceva, ce poți să crezi,
Când vezi numai stele verzi?

- Ai dreptate, chiar că-i dură,
Purcelușul cu centură!
Strigă broasca, mintenaș,
Alergând dinspre imaș.

Omul de Zăpadă

-Omul nostru de zăpadă,
Rezidentul din ogradă,
A dispărut fără urmă...
Cred că a plecat în junglă!

– Cum să plece-așa departe?
Nu mai plânge, dragă frate!
Împărțim dealul în două,
Pentru misiunea nouă.

Eu pe-o parte, tu pe-o parte,
Sigur n-a ajuns departe!
Cu așa alunecuș
E cel mult pe derdeluș

– Nu mai căutați, băieți!
Sunt aici , sunt sub nămeți.
Nu-mi simt nasul și aș vrea
Morcov nou, de s-ar putea!

Ar fi bună o căciulă,
Ori de blană, ori de lână.
Țigăița e cam rece,
Iar strănutul nu-mi mai trece!

- Ia fularul și căciula,
Și mănușile, și gluga,
Să nu pleci, că va fi greu
Să te vizităm mereu.

- Eu, în junglă, bună glumă,
Voi râde o săptămână!
O să fac atac de cord!
Mai bine la Polul Nord!

N-o să plec, stați liniștiți,
Prefer lângă cei iubiți.
Niciodată un principiu
Nu devine sacrificiu.

Iarna Jucăușă

Iubesc iarna, e frumoasă,
Nu-i vreme de stat în casă!
Nici nu-mi pasă că e frig,
Îmblânzesc gerul rapid.

Săniuță, hai acum,
Să ieșim puțin pe drum,
Apoi mergem prin nămeți,
Cu fetițe și băieți.

Strigăm cât ne ține gura:
Ura, ura, și iar ura!
De pe deal până în zare,
Râsul nostru-i sărbătoare!

Iarna fulgii își aruncă
Peste case, peste luncă,
Și o pojghiță de gheață,
Trânte luăm de dimineață.

N-avem timp de smiorcăială,
Că e frig și timpul zboară.
Vrem să-l prindem, dar el fuge,
Nici un an nu ne-ar ajunge.

Vrăbiuța alintată

Vrăbiuța Taca-Tac
A sărit într-un copac
Și susține că-i al ei,
Argument fără temei.

Guralivă cum e ea,
S-a certat cu toată lumea.
Azi revendică salcâmul,
Ieri spunea că-i al ei prunul.

– Ia ascultă, vrăbiuță,
De când tu, cea mai micuță,
Stăpânești peste noi toți,
De parcă am fi netoți?

Se zburliră guguștiucul,
Porumbelul și chiar cucul.
Cât e el de singuratic,
A sărit în sus ca arcul.

- Crezi că, dacă te răsfeți,
Luăm poziție de drepți?
Este casa tuturor! -
Strigară cu toții-n cor.

- N-ați spus voi că sunt micuță
Și gingașă, și drăguță?
Cu atâtea calități,
Pot și eu să mă răsfăț.

- Ești de toate, precum spui,
Dar nu poți să ne impui
Să abandonăm noi prunul,
Ca să faci tu pe stăpânul.

Mezinul nu este rege,
E iubit, se înțelege,
Însă rolul său e mic,
După cât e de voinic.

Albinuța Api

Albinuța Api
Își caută frații.
S-a pierdut de ei
Printre flori de tei.

– Ciocârlie, am găsit
Ajutorul potrivit!
Dar Api nu știe
Limba ciocârliei.

– Ia să pun desaga jos,
Păianjenul fioros
La amiază doarme dus
Printre crengile de sus.

Se opri la turturea:
– Turti, n-ai văzut cumva
Pe ai mei dragi frățiori
Traversând câmpul cu flori?

Turti, binevoitoare,
Se îndreaptă către soare.
Dă din aripi contra firii,
Ca o pasăre colibri.

- Mulțumesc, ești generoasă,
Însă limba turturească
E un pic cam nuanțată –
O lăsăm pe altă dată.

Plecă Api mai departe:
„O să pun mâna pe carte,
Voi studia limbi străine,
Să mă înțeleg cu tine.”

Rămase o vorbă-n vânt
Când văzu câte limbi sunt:
„N-are rost să mai pierd timpul,
Îmi voi folosi instinctul.”

Barza și rățușca

Barza și rățușca-n zbor
S-au ciocnit amețitor.
Nu reușesc să-și revină,
Dar niciuna n-are vină.

– Tu, la lecția de zbor,
S-asculți turnul de control
Nu ți-au spus, sau erai lentă
Și ai rămas repetentă?

– Nu veni, că nu te iert
Pentru-așa cucui perfect! –
Spuse rața înverzită,
De durere umilită.

– Știi sau nu, dar chiar ai haz
Când te afli în necaz, –
Răspunse barza rănită
Și de ciudă înegrită.

- Abia aștept ziua-n care
Voi pune în aplicare
Sfatul ce tocmai l-ai dat,
Nici de tine aplicat!

Voi merge la tribunal,
Nu mă las, dreptate am!
De nimic eu nu am teamă –
Merg la curtea europeană.

Rața vrea despăgubire,
Nu suportă umilire.
- Haide, du-te, nu îmi pasă,
Du-te, cine nu te lasă?

" E avidă și se vede,
Lăcomia-i este lege!"
Trece-un an și încă-un an,
Rața-i tot la tribunal.

Avocatul e nedrept,
Chiar nu-i nimeni înțelept
Să discerne că ea luptă
Dreptate în lume s-aducă?

Nu vrea nimic pentru ea,
Doar de dragul de-a lupta.
Nici măcar nu are fii –
Va dona la alți copii.

Timpul a trecut în zbor,
Rața-i tot pe coridor,
Cu baston, la tribunal,
Zi de zi, an după an.

„Lumea tare e nedreaptă,
Vin aici de când sunt fată.
Timpul a zburat grăbit,
Iar eu am îmbătrânit."

Despre barză, ce să spui?
Ieri era pe câmp cu pui,
Încă mai face naveta,
Vizitând toată planeta.

Rața, însă, zburătoare,
Nu mai este călătoare.
Chiar nu e de înțeles
Un asemenea regres!

"Dintr-un voiajor vestit
Să ajungi domesticit?
Nu-mi imaginez ușor
Ceva mai înjositor."

Gândăcelul Croitor

Gândăcelul Croitor
A văzut acvila-n zbor
Și se vrea acolo sus,
Înainte de apus.

Bufnița râde cu foc:
– Poate, cu puțin noroc,
Vei ajunge pe șindrilă,
 Sus de tot, în prima filă.

Riscu-i la aterizare:
Să te lovești la picioare!
Cu-a păianjenelui plasă,
Te vom prinde, nu e farsă!

Experimentați de soi,
Cu medalii de eroi,
Clar, îți spunem că-i greșit
Să te crezi zburătăcit.

Dacă tot ești croitor,
Rămâi, dragă, în popor!
Fă costume, rochii fine
Pentru baluri si regine.

– De ce nu pot fi acvilă?
Si de ce tratați cu milă
Idealul meu ce este,
Autentică poveste?

Discursul vostru notoriu
Mereu duce-n derizoriu
Orice vis, orice efort,
De-a mă înălța un cot.

S-au îndepărtat râzând,
Dând din mâini și fluierând:
– Hai, că mergem după pâine,
Te mai ascultăm și mâine.

- Pot să spună ce doresc,
Visul tot mi-l construiesc!
Am auzit că în zonă
A sosit de ieri o dronă.

Pozitiv și fără frică,
Voi plonja ca o pisică.
Fac din orice conjunctură
Aliatul pe măsură.

Înainte de apus,
Gândăcelul era sus.
Până la sfârșitul zilei,
Parte din clubul acvilei!

Cu medalia pe piept,
Gândăcelul înțelept
Știe bine să viseze,
Visul să nu îl cedeze.

Luați exemplu, învățați,
Niciodată nu negați
Ce poate face voința,
Depășind cu mult știința.

Chiar de ți se pare greu,
Lucrează la visul tău!
Cu efort și cu sudoare,
Cu mult calm și cu răbdare.

Iarna în echipă

Manuela și Mihai
Se țin de Corina scai.
-Ei sunt mici iar eu sunt mare,
A devenit provocare,
Nu mai pot avea secrete,
Mă părăsc fără regrete.

Am fost noi atâția ani
O echipă de jandarmi,
Am spus vrute și nevrute
Înainte să se-ntâmple,
Ieșind zilnic la raport,
Povestind mai mereu tot.

"Frățiorul nostru Andrei
S-a întors în jur de trei.
De când a intrat în casă,
Telefonul nu-l mai lasă.
Nu a scris, nu a citit,
Mai tot timpul obosit."

În vacanță se învață?
Să citesc de dimineață?
Aștept iarna de un an,
Cum să o privesc pe geam?
Am ieșit să o salut,
Să o rog să stea mai mult.

-Andrei, vreau să patinăm,
Împreună să schiem.
Detectiv am fost și eu,
Dar de azi am clubul meu,
Cu doi membri, nu cu trei,
Doar Corina și Andrei.

Revolta micuțului Edi

Cu o bocceluță mică
Pe-o coadă de măturică,
Edi pleacă-n lumea largă,
E sătul de-atâta zarvă.

- Eu, cel mic și răsfățat?
Nu este adevărat.
Toți mă ceartă, îmi vor răul
Spun că vreau să fiu eroul.

Ba că m-am băgat sub pat
Fără să fiu invitat,
Sau că-mi place să îngrop
Telefoane peste tot.

Telefoane? Doar al meu.
Devenise tot mai greu
Să joc jocurile care
Îmi plăceau atât de tare.

Bine, o să fiu cinstit:
Avea softul depășit.
Minecraft vrea jucător
Numai pe calculator.

Voi lansa azi o sfidare,
Demonstrând la fiecare
Că și Edi înțelege
Dreptul său de a alege.

Îl priveau cum iese agale
Cu bagajul în spinare.
- Eduard, unde-ai plecat
Și de ce ești supărat?

- Nu mai vreau să fiu cel mic,
Nu mă simt deloc iubit.
Asuprit, fără speranță,
Mă țineți în ignoranță.

Știu, nu mă iubiți deloc.
Plec să stau într-un alt loc.
Nu mai locuiesc cu voi,
Cobor în garaj la noi.

Mi-am luat o jucărie,
Pâine, numai o felie,
Și... am mai luat pisica
Să nu plângă mititica.

Nu mai râdeți, nu-i corect,
Nu sunt un analfabet.
Vreau calculator, să joc
Și un telefon de top.

Grădinița-i pe sfârșite.
Cu pași mici, pe nesimțite,
Vine școala cu probleme,
N-o să-mi văd capul de teme.

Balada Florilor

Lăcrămioara și Zambila
Au cules de pe câmpie
Floricele pentru Crina,
Să-i aduca bucurie.

Margarete, Iasomie,
Cu parfum amețitor,
Și chiar flori de păpădie,
Puful lor suflând ușor.

Margareta și Iasmina,
Generoase precum sunt,
S-au gândit, dar nu la Crina,
Dalia le e în gând.

Violete și Narcise
O vor încânta nespus,
Florile ce doar in vise
Făt Frumos i le-a adus.

Toporaș gândi la Rosa.
Melancolică din fire,
Să-i aducă-n zori mimosa,
Doru-n piept să-i mai aline

Violeta optimistă,
Din culoarea ei ar da,
Garofiței ce e tristă,
Și-un buchet Nu mă Uita

Anemona, e fragilă,
Cine o va ajuta?
Liliacul i se-nchină,
De o lună și ceva.

Crinul însă, în tăcere,
O veghează mereu blând ,
O privește cu plăcere,
Un mac roșu oferind.

BALADA
FLORILOR

Albăstreaua, cu răbdare,
Numără din doi în doi,
Florii-Soarelui ce pare
Că-i șoptește visuri noi.

Sedus de-a Cameliei față,
Sigur, de azi, Norocel,
L-a făcut rival pe viață
Pe gingașul Ghiocel.

Mușețelul se ridică,
Mândru peste flori și iarbă,
Ar privi, dar îi e frică
Că îl vede o rubarbă.

Pe furiș, doar o ocheadă
Îndrăznește să arunce,
La narcisa, din ogradă,
Ce-i zâmbește cald și dulce.

Cine vrea să mă ajute,
Nu mai înțeleg nimic,
Care-s flori, care-s fetițe,
Sunt confuz, și nu un pic.

Cine este Ghiocel?
Ajutați-mă, nu știu,
Floare e sau băiețel,
Bălăior cu chip zglobiu?

Ce parfum, ce armonie,
Printre flori să tot visez,
În a visului beție,
Lumea mea o creionez.

Farmecul Toamnei

În livadă la bunici,
Veselia ne adună,
Alergăm cu toți desculți.
Fie soare, fie lună,

Ne ascundem prin copaci,
Printre crengi cu multe mere,
Strugurii au gust de fragi,
Îi culegem în panere.

Nucile le adunăm
În saci plini legați la gură,
În căruță îi urcăm,
Spre hambar, cu voie bună.

Părul plin de roade coapte
S-a plecat pân' la pământ,
"E posibil ca la noapte
Să le scuture un vânt."

Toamna își măsoară pașii,
Frunzele foșnesc ușor,
Invitând toți copilașii
Să se-așeze pe covor.

Covor galben, arămiu,
Să te odihnești o viață,
Sub al toamnei cer târziu,
Cu un zâmbet larg pe față.

Frunza sub călcâi foșnește,
Te învăluie lumina,
Soarele în cer zâmbește,
Toamna-și țese iar cortina.

Dansul cocostârcilor

Cocostârcul grațios
Cu gât lung și zbor frumos
A văzut o cocostârcă
Și-a decis să facă nuntă.

Vine toamna, să fugim
În țări calde, cer senin,
Și să punem în lumină
Frumusețea ta divină.

— Nu te cred, îmi spui povești, Când te
uiți, când te codesti,
M-ai văzut și tu o dată.
Și deja ți-s dragă toată.

Fâstâcit de-al ei răspuns,
Vorbele nu-i sunt de-ajuns,
Caută să se inspire
Să-și exprime-a sa iubire.

Începu un dans frenetic,
Și, dacă și-ar da în petic,
Va dansa pasional
Cum o face an de an.

Înălțat pe un picior,
Privi galeș spre un nor,
Plin de farmec și mister.
Aripile sus spre cer.

Dar bărzoiul, clipind des:
-Știi că nu am interes.
Să rămâi indiferentă,
Nu te duce după fentă!

-Autor de conspirații,
Le voi spune la toți frații,
Voi striga în gura mare!
Să te știe fiecare.

Dorești să mă denigrezi.
Ai venit ieri să dansezi.
După ce nu ești capabil!
De ce nu ai fost notabil?

Cocostârca îl privea.
-Draga mea, nu te-agita,
Vai, e gata să leșine.
Pot să mai revin și mâine.

-Hai să ne vedem de drum,
Mâine, de plecăm acum,
O să fim deja în deltă.
Văd că tu mergi după fentă.

Auzind a ei cuvinte,
"Ce gingașă și ce dulce,
Cum să nu cazi leșinat?"
Spuse el electrizat.